마음뜰 정원사

마음뜰 정원사

펴낸날   초판 1쇄 2023년 5월 25일

지은이   김명이
펴낸이   서용순
펴낸곳   이지출판

출판등록   1997년 9월 10일
등록번호   제300-2005-156호
주소   03131 서울시 종로구 율곡로6길 36 월드오피스텔 903호
대표전화   02-743-7661 팩스 02-743-7621
이메일   easy7661@naver.com
인쇄   ICAN
물류   (주)비앤북스

값 12,000원

ISBN 979-11-5555-202-5 03810

김명이 시집

마음뜰 정원사

이지출판

　김명이 시인의 시에는 사랑이 담겨 있다. 사랑은 가족에 대한 사랑, 친구와 이웃에 대한 사랑, 일상에 대한 사랑 등이 있다. 하지만 그 사랑은 모두 자신에 대한 사랑에서 비롯될 때 더 값어치가 있다. 시인은 이 사랑을 시로 실천하고 있다. 시가 시인의 일상을 더 여유롭게 만들고, 그 여유는 가족과 이웃에 대한 사랑으로 이어졌다.

　김명이 시인의 시를 읽다 보면 '참 따뜻하다, 나도 이런 시를 쓸 수 있겠다!' 하는 생각이 든다. 시가 쉬우면서도 내면에 담긴 사랑을 시 속에 담아 읽을 맛이 나게 만들었다.

　김명이 시인은 조금 늦게 시를 쓰기 시작했다. 그래서 더 열심히 노력하는 시인! 시를 쓰는 과정을 곁에서 지켜본 저로서는 시인에게 고맙다는 말을 하지 않을 수 없다.

시를 쓰는 것은 넉넉한 노후를 위한 적금을 드는 것과 같다는 말이 있다. 시를 쓰면 사물을 아름답게 보는 습관이 생기고, 말을 설득력 있게 할 수 있을 뿐만 아니라 삶에 여유가 생기게 된다. 그러니 그 적금을 든 시인에게 "참 잘하셨어요!" 하고 칭찬해 드리는 것은 당연하다.

시인처럼 시를 쓰고 싶어도 용기가 없어 시작하지 못한 분은 이 시집을 읽고 용기를 냈으면 좋겠다. 끝으로 시인의 시집이 발간되기까지 곁에서 도와주신 가족들에게 고마운 마음을 전하며, 앞으로 더 좋은 시를 적어 독자들에게 사랑받는 감성시인이 될 수 있도록 늘 곁에서 도와드릴 것을 약속드린다.

커피시인 윤 보 영

코로나19로 바쁘게 살던 일상이 멈추었을 때, 앞으로 어떻게 살아야 할지 나에게 많은 질문을 던졌다. 이런 시간이 없었다면 나는 누구인지, 무엇을 잘 할 수 있는지, 그리고 어떻게 살아가고 싶은지, 나를 찾는 시간을 갖지 못하였을 것이다.

어려운 일이 생겼다고 모두 힘든 시간을 보내는 것은 아닐 것이다. 코로나를 통해 나는 완전히 바뀐 삶을 살게 되었다. 그동안 꿈만 꾸었던 난타북을 치게 되었고, 윤보영시인학교를 만나게 되었다. 내 인생의 기적이다! 시인님은 재능 기부로 그 힘든 시기에 감성시로 사람들에게 용기와 희망을 주고 계셨다.

시를 쓰다 보니 내가 살아가고자 하는 삶의 방향이 보였다. 고아원 옆에 살면서 두 가지 꿈을 꾸었는데, 행복한 가정과 보람있게 사는 거였다.

내가 쓴 시에는 가족들과 함께한 일상을 시로 옮긴 것이 많다. 남편, 엄마, 시부모, 아이들과의 일화들이다. 시부모님을 모시고 35년 살았는데, 지나고 보니 나의 소중한 자산이 되었다. 살아오면서 나에게 가장 보람된 일이었다.

시집을 준비하면서 시가 나를 살리고, 마음 안에 있는 삶의 독소가 사라지는 것을 느꼈다. 일상도 시로 물들어 사랑이 되었다. 시는 사랑인가 보다.

툭 펼쳐서 한 편 읽고 살며시 미소짓는 독자의 얼굴을 그려본다. 그들에게 작은 위로가 되었으면 좋겠다. 그리고 윤보영 시인님처럼 누군가 힘들 때 손 내밀어 주는 따뜻한 사람이 되고 싶다. 평생 배우며 사는 사람, 배운 것으로 사회에 쓰임 받는 사람으로 살겠다고 다짐해 본다.

2023년 5월 아름다운 날
김 명 이

● 차례

1부_ 내 안에서 만난 그대

2부_ 늦어도 괜찮아, 아직

3부_ 나이를 먹지 않는 사람

4부_ 시를 닮은 그대

5부_ 꽃 앞에서 꽃처럼 웃다

1부

내 안에서 만난 그대

봄 그리고 생각

봄은 예쁘다
봄은 새롭다

생각만 해도
가슴 설렌다

내 안에
그대 생각이 돋아나듯
각각의 모양대로
아름답게 돋아난다

좋은 날

좋은 날
내가 웃고 있는 날!

은은한 미소로
그대까지 웃어 주는 날!

날마다
그대와 내가
웃고 사는 날!

행복한 사람은

마음에 감사한 것만
생각한다기에

나도 감사한 일을 모아봤어
기분이 좋아 앞을 보니

감사를 딛고
일상이 웃으며 오고 있다

매화꽃

매화는
가장 아름다운
봄처녀

화사한 매력은
사람들 마음을
빼앗기게 하지

하지만
나는 달라
아무리 유혹해도
넘어가지 않았어

네가 있는데
내 안에
꽃보다 예쁜 네가 있는데

오솔길

둘레길을 걸었다
솔잎 향기가 좋다

길을 걷다 보면
바스락거리는 소리가 들린다

향기도 좋고
소리도 좋고
길 따라 걷다 보면
그대를 만난다

내 안에서 만난 그대
내 밖 오솔길에서도
만났으면 좋겠다

주머니

그대 손
내 손
함께 들어갔던
주머니

내 사랑도
따라 들어갔다
당신 손이 된
지금 이 손

백사장

백사장은
신이 주신 도화지

당신에게
글을 적었습니다
"사랑해!"

밀려온 파도에
깨끗해진 도화지

파도에 밀려간
나의 고백
"사랑해!"

파도 칠 때마다
그대에게 들려줍니다

부끄러움

나, 옛날 일 생각나서
히죽히죽 웃고 있어

죽을 때 남기고 싶은 말은
한바탕 크게 웃고 죽는 거야

내 안을 들여다보니
부끄러운 일이 너무 많아서

복사

혹시
우리
복사된 게 아닐까요?

사람들이
나에게서
당신을 찾고

당신에게서
나를 찾는 것을 보면

결심

세상 보는 눈을 바꾸고
목표도 바꾸고
말투도 바꾸고
생각도 바꾸는 거야

우리 인생은
열두 번 바뀐다는데

지금부터
해 보고 싶은 일을
배워 보는 거야

살면서
후회는 하지 말고
살아야 하잖아

당신 사랑 말고
다 바꾸어 보는 거야

낚시

고기를 잡으려고
낚싯대를 던졌다
고기는 올라오지 않고
그대 얼굴만 올라온다

보고 싶다!
보고 싶다!

오늘은
그대 생각 낚는 날
그 생각으로
배가 부른 날!

커피

커피 몇 알 넣고
물은 가득!

무슨 맛이냐고
물으면

엄마가 좋아하는
그때 그
숭늉 커피 맛!

일방통행

인생은
가는 길만 있고
돌아오는 길이 없는
일방통행

그 길이 사랑이라면
일방통행이 더 좋지요
가다 보면 만날 테니까
언젠가 만날 수 있을 테니까

행복은 쉬운 거야

행복은 쉬운 거야
미소 한 번 지어 봐

그런 다음
마음 한가운데
좋아하는 사람을
꽃으로 피우는 거야

행복은 쉬운 거야
크게 한 번 웃어 봐

그런 다음
마음 한 번 열어 봐
너를 좋아하는 나처럼
꽃이 되어 있을 테니까

시를 쓰고

마음에도 귀가 있나 봐
어릴 적 들었던
새소리가 맑게 들리는 걸 보면

마음에도 눈이 있나 봐
어릴 적 보았던
풀꽃들이 예쁘게 보이는 걸 보면

재미있게 살려면

삶에
리듬을 넣는 거야

춤도 좋고
노래도 좋아

하고 싶은 것
하고 사는 거야

용기가
필요하지요

리듬따라
행복이 달라질 테니까

윤보영

윤이
반짝반짝 빛나는

보석 같은 사람

영원히 빛나소서

당신이 계셔서
세상이 아름답습니다

칭찬

예쁘다
예쁘다
봄부터 칭찬받던 장미가
가을걷이 다 끝난 정원에
푸른 잎을 내더니
꽃을 피웠다

예쁘다
예쁘다
그대에게 칭찬하면
그대도 내 마음에
봄처럼 사랑을 보내 주려나

꽃

정원에 핀 꽃을 보면
신이 인간에게 보내 준
천사와 같다

천사가 아니면
모든 사람들에게
기쁨을 줄 수 없을 테니까

그래서일까,
꽃을 보는데
그대가
꽃을 닮았다는 생각이 든다

삶이란

삶을 채우려고
부지런히 살아왔는데
삶은 채우는 것이 아니라
비우는 것이라고 합니다

맞아요,
그 비워진 자리에
그대 사랑 내 사랑
우리 사랑으로 채워지면 좋겠습니다

우리는

봄에는
꽃으로 웃고

가을에는
열매로 웃고

너와 나는
사계절 내내
사랑으로 웃고

비가 오면

꽃이
새 옷을 입은 듯
예쁘다

방글방글
웃기까지 한다

비는
그대처럼
꽃이 기다리는
애틋한 사랑인가 보다

장맛비

장맛비가 오고 난 뒤
빗물 고인 항아리에
소금쟁이 두 마리

고향 시냇가에서 놀던
소금쟁이
그리움에 담겨

도심 속
옥상 정원으로
장맛비가 배달왔나?

물음표

빠른 걸음으로
길을 걷다가
멈추어 섰다

내가 왜 이렇게
바쁘게 살지?
돌아보니
세월이 훅 지나갔다

그래, 이제부터는
천천히 사는 거야
당신도 곁에 있는데
재미있게 살아가는 거야

사는 맛에는

재미가 있어야 하고
사랑이 있어야 하고
배움이 있어야 한다

보람이 있어야 하고
건강이 있어야 하고
웃음이 있어야 한다

하지만
늘 어디에나
그대가 있어야 한다

2부

늦어도 괜찮아, 아직

면접

운동 좋아하나요?
언니 있나요?
오빠 있나요?

부모님 모시고 사는 건
어떻게 생각하세요?

결혼 면접!

인생 최고의 면접
살아 보니
가장 쉬웠다

우리 부부

영어회화를 시작한 남편
초등학교 일학년이
공부하는 것 같다

듣고 있으면
키득키득 웃음이 나온다

힐링 낭독
책읽기를 시작한 아내
초등학교 일학년이
책 읽는 것 같다

서로
키득키득
웃은 만큼 성장한다

위대한 선물

신은
인간이 힘들까 봐
몸에 경계선을 만들었다

사춘기에는
꽃으로 피고

갱년기에는
하나씩 살펴 가며 살라고
아프기 시작하고

노년기에는
버릴 것 버리고 살라고
자꾸만 작아진다

알고 보니
이것이
신에게 다가서는
위대한 선물

말투

우리 부부
나이들어 가면서
다투는 날이 많아졌다

남편 말투에는
시부모님 언어가 담겼고

내 말에는
친정 부모님 언어가 담겼다

맞다,
우리 자식들도
우리 언어로 살겠지?

내일부터
서로서로 이해다
배려가 먼저다

소중한 이름

엄마는
당신의 엄마가
보고 싶지 않은 줄
알았습니다

나이 들면 엄마는
자식들만 가슴에 품고
사는 줄 알았습니다

그런데 엄마는
80에도 엄마를 부르고
90에도 당신 엄마를
찾으십니다

몸이 아플 때
더 생각나는 엄마!
인생 끝에서도 엄마는
당신 엄마에게
늘 아기인가 봅니다

인상 좋은 할아버지 만들기

굳어 있는
얼굴 펴야 한다고

식사 때마다
하얀 이빨 드러내고
함박웃음 짓기 시작한
남편!

손주가 약입니다
성격까지 좋아졌습니다

손주 덕분에
남편도 나처럼
행복을 느낍니다

우주에서 온 마술사

얼굴만 보아도
좋아좋아
마음을 빼앗기고

작은 움직임에도
눈동자가
자꾸 따라가고

방긋
미소라도 지어 주면
할아버지 할머니를
재롱둥이로 바꾸는 손주
너!

연

정월 대보름이 되면
우리 아버지
방패연을 만들어 주셨다

하늘처럼
높이 날아올라
소원 이루고 살라며

그 연 오늘도
내 마음에
훨훨 날아오르고 있다

아버지 소원처럼
잘 살고 있다고
내 모습 봐 달라며

시계

시계는
마술사인가 봐

책상 위에서
똑딱거리기만 하면서

어제는
엄마를 만들더니
오늘은
할머니를 만들었다

마음만
아기로 남겨 두고

자꾸
더 그립게 만든다

월드컵

월드컵에서
가장 많이 뛴 선수는
우리 남편 입!
선수들보다 입은 더 잘 뛰고
더 잘 달립니다

드러누워서도
응원해야 한다고
한밤중에도
우리 집 경기장은
입 선수가 날아다니고 있습니다

맥주와 컵 미리 준비해서
우리 집 입 선수
결승전에 우승컵 타도록
응원해야겠습니다

신분증

태어나면
출생증

학교 가면
학생증

성인이 되면
주민등록증

삶에는
신분증이 있어야 되듯

그대와 나의 사랑에는
사랑등록증이 있습니다

존중하기
사랑하기
웃어 주기가 담긴

울타리

부모는
자식에게 울타리가 되고
자식은
부모의 울타리가 된다지요

그렇다면
사랑하는 그대는
나의 울타리

예, 맞습니다
늘 따뜻하게 지낼 수 있게
내 안과 밖에 있는
울타리가 맞습니다

다리

명절날이 다가오면
우리 엄마
다리만 내다본다

다리 건너
자식 걸어오는 모습
보고 싶어서

그 다리 지금은
내 마음에 있다
엄마 자리에 서서
엄마를 기다리며
내다보고 있다

아들

지구의 때는
비와 바람이 씻어 주고

내 마음의 때는
너의 웃음소리가 씻어 주고

딸

사람들은
새해 첫날
해맞이를 하고

나는 매일
너의 웃음으로
해맞이를 하고

더위 팔아요

친구야
내 더위 다 사가라!

정월 대보름은
해뜨기 전까지
누가 불러도
대답하지 않는 날
여름 더위를 팔 수 있는 날

사랑하는
그대가 부르면
얼른 대답하고
여름 더위 사 올 텐데
그것마저 사랑일 테니까

간이역

간이역에 내리면
왠지 마음이
편안해질 것 같다

이야깃거리가 많고
사람 사는 냄새가
물씬 풍길 테니까

역경을 이겨 낸 사람들의
이야기가 숨어 있는 곳

삶이 힘들 때는
한 번쯤
간이역으로 가 보자

늦은 출발

삼복더위를 이겨 낸
오이가
마지막 역할을 다하려고
꽃을 피우고 있다

그런데
오이 줄기 사이로
고개 내민 참외 하나

가느다란 줄기에
매달려 있는
모습이
내 인생을 닮았다

늦어도 괜찮아,
아직
가을 햇살이
힘을 주니까

구절초 연가

고향 언덕 구절초는
엄마 약으로 피고

올가을 구절초는
그대와 나 사이에
보고 싶은 마음으로 피고

가슴에
그리움이 담긴다

두 번째 신혼

시집살이
서른다섯 해 만에
신혼이다

남편 보고 뛰던 가슴
꿈을 보고 뛴다

남편 꿈
아내 꿈

오글오글 모여
뜨거운 열정

두근거림으로
지금 우리
신혼을 달군다

김장

무 배추 뽑아
우리 집 김장하는 날

오순도순 형제들
둘러앉아 수다를 떤다

고춧가루로 연지곤지 찍고
웃음 깨소금까지 비벼 섞었다

올겨울
우리 집 김장김치
최고의 맛!

쭉쭉 찢어
너도 한 입
나도 한 입

김치에
사랑까지 얹어 먹으면
모두 다 밥도둑 된다

정월 대보름

우리 엄마
오곡밥에 칠색 나물로
아침상을 차려놓고
복을 싸라며
김 한 장 따로 주셨다
정월 대보름에
먹을 수 있는 맛!

우리 아버지
어린 나에게도
좋은 소식 듣고 살라며
귀밝이술 따라 주셨다
정월 대보름에
먹어 볼 수 있는 맛!

정월 대보름은
부모님 사랑이 되새김질 되어
기억하는 날!

어머니

내가 시어머니 되고
아들 며느리가
신혼여행에서 오던 날

치매를 앓고 계신
시어머니께서 말씀하신다

안방 내어주고
너, 어디서 잘래?

나하고 자든지
옥상 방에 가서 애비랑 자거라

거실에서 자면
안 된다

미처 생각하지 못했는데
그 말씀이
천둥처럼 마음에 들어온다

어머니는 치매를 앓고 계셔도
영원한 어르신이다

엄마가 그리운 이유

"엄마 밥 먹고 싶어요!"
아들이 전화를 했다

엄마가 해 주는
된장찌개, 김치찌개가
먹고 싶단다

나도
엄마가 해 주는 밥이
늘 그리운데

엄마는
밥이 있고
늘 품어 주는
따듯한 가슴이 있다

최고의 어버이상

시부모님의 며느리로 35년!
자식들의 부모로 살아온 33년!

열심히 뛰었던 직장일도
은퇴하고…

이젠 우리 이름을 되찾고
다시 청춘으로 돌아갈
인생 하프 타임에서
자식들에게 받은
'최고의 어버이상!'

되돌아보아도
참 잘 살아냈다

다시 가슴 뛰는 삶
지금부터 시작이다!

엄마의 기도

아들이 아침에 잠을 깨면
이부자리를 잘 정돈하고
방을 나오게 하소서

식사하고 나면
양치질을 잘하게 하고
탄산음료는 건강을 위해
마시지 않게 하소서

누구를 만나든
인사를 잘하게 하고
말은 늘 친절히 하게 하소서

얼굴에는 항상
웃음이 가득 담기게 하고
즐겁고 재미있게 일하게 하소서

그리고
엄마 바람처럼
건강한 일꾼으로 삶을 살게 하소서

3부

나이를 먹지 않는 사람

동백꽃

동백꽃은 세 번 핀다네
나무에서 피고
땅에 떨어져서 피고
그리고
내 가슴에 찾아와 핀다네

백설이 내리는 겨울에
동백꽃이 하는 말
"나는 누구보다도
그대를 사랑한다오."

꽃말도 예쁘다
나도 그대에게
"내 사랑은 그대뿐입니다."

이 말 듣고
그대 얼굴
동백꽃으로 피었다

시화전

시가 사람을 살린다네

화려하게 살았던 사람도
눈물 날 일이 있고
눈물 나게 살아온 사람도
기쁨의 날은 온다네

전에도 좋았고
후에도 좋은 삶이라면
얼마나 좋은가

하지만 그대여
살다 보면
후에 좋은 삶이 더
아름답지 않은가?

그대도 그런 사람이라고
시가 답하고 있네

행복

꽃은
아침마다 해맞이를 해서
행복하고

나는
해맞이 하는 꽃
당신을 만나서
행복하고

다사랑의 천사

선생님 하며
살며시 다가와 팔을 만진다
미소가 천사다

몸은 서른 살
마음은 두 살!

신은
이 땅에 나이를
먹지 않는 사람도 주셨다
사랑 나이만 먹고 살라고

선생님

선생님은 무에서 유를
창조하는 마술사!

생명의 기를 불어넣어
사회 일꾼 만드셨네

위대한 스승
당신이 계시기에
여기 인간답게 살아가는
제자가 있습니다

선물

사람들은
부모님 모시고 산다고
말하면

첫마디가
"자식들 다 잘되었죠!" 한다

아하!
내가 잘 키운 줄 알았더니
아니네,
아니었네

인생의 가을에는

가진 것에 만족하며 살고
감사한 것만 생각하며 살고
좋은 말, 따뜻한 말
사용하며 살고

인생의 가을에는
마음에 품어야 하는 것들로
열매를 익혀 갑니다

그 속에
익어 가는 당신도 있습니다

질문

만약에
화장품이 없다면
우리는 어떤 얼굴일까요?

만약에
머리 염색약이 없다면
그대와 나는?

만약에
안경이 없다면?

질문하고
혼자 웃었습니다
감사한 것이
너무 많아
웃음이 나와서 웃었습니다

백만 송이 구절초

태화산 이야기터 휴[*]
언덕 위에 피었다

지난날의
그리움이 모여
백만 송이 꽃으로 피었다

이 정도는 되어야
받아준다고
날
보고 배우라며 피었다

[*] 경기도 광주시 도척면 추곡리에 있는 이야기터

엄마의 전화

잘 지내고 있나?

우리 새끼들은?

박 서방은 회사 잘 다니고?

니가 고생하는 것
다 알고 있다

오늘은
우리 엄마가
하느님 같다

인생은 쉽다

인생길이 힘들다며
투덜대고 걷는데
내 인생이
간판에 걸려 있습니다

인생 치킨
인생 해장국
인생 약국
인생 상담
인생 눈썹을
찾아주는 곳도 있습니다

인생은 이름도 다양합니다

하지만
내 인생에는
그대가 있으니
인생이란 말은 안 해도
일상이 모두 행복입니다

고구마

고구마를 캐다가
줄기 끝에
따라 올라온 생각 하나

이삭 줍다가
괭이로 친구 동생 머리를
다치게 했던 어린 시절

이름도 생각난다
점옥이 동생, 재옥이
친구도 고구마를 보며
내 생각 하고 있을 거야

많이 보고 싶다
친구야!
친구 보고 싶은 마음이
내 안에 고구마처럼 담겼다

얼굴

내 얼굴인데
거울로만 볼 수 있는 너!

그대도 거울인가요?
볼 때마다
예쁘다고 하는 당신!

나도 거울이 되어
당신이 최고라고
가장 멋지다고
말해 주고 싶어요

천국 만들기

세상은
아이들이 많으면
천국이 될 거야

할머니와 할아버지가
손주만 보면
천사처럼 변하니까

나도 그렇듯
나 닮은 사람이
많아질 테니까

우물

우물이 깊을까
그대 사랑이 깊을까
물었더니

열 길 물 속은 알아도
한 길 사람 속은
모른다고 합니다

아하!
다행입니다
그대 사랑은
가까워야 하니까요

마스크

마스크 쓰던 날
누구세요?

마스크 벗던 날
누구세요?

내 얼굴이
낯설다

누구세요?

화분

날씨가 추워서
정원에 있는 화분을
집 안으로 옮겼습니다

집 안이
정원이 되었습니다

그대가
내 마음에 꽃으로 피고
사랑이 된 것처럼
자꾸 눈이 갑니다

인생의 기둥

인생에도
기둥이 있다고
사람들은 말합니다

그 기둥!
돈, 시간, 친구
취미, 건강
그리고 믿음이라고요

하지만
내 인생의 기둥은
그대입니다

열 번 생각하고
다시 생각해도
사랑하는 그대가 맞습니다

진도북놀이

어쩌면 좋아
당신에게 푹빠진 나를

목소리는 웅장하고
걸음은 나비처럼 가볍고
몸은 학처럼 우아한 당신!

그대 뒤를 따라가도
말리지 말아 주세요

충전 중

청소기가
이 방 저 방
청소를 하다가
갑자기
동작을 멈추었다

방향을 돌려
자기 집으로 찾아간다
'충전 중'

아하!
지금은 나도
'충전 중'

그대 생각을 꺼낸다
부드러운 웃음이
얼굴 가득 번진다

마당

마당이
거실로 이사를 왔습니다

꽃밭과 텃밭도
집 안으로 옮기고

평상도
소파도 바꾸었습니다

우리 가족
웃음소리 집 안 가득
행복꽃을 피웁니다

거실은
가족들이 모이면
놀이동산 문이 열립니다

엄마 품

요람 모드를 누르고
안마기에 앉았다

문득 눈앞에 떠오르는
엄마의 품속!

엄마는 늘
가슴 열어 주는
내 편이었다

엄마가 그리워서
엄마를 부릅니다
엄마!

이천 호국원

현충일 날!
이천 호국원에 계신
시아버님께 다녀왔다

시아버님은
6·25 참전용사셨다

뵙고 싶어서일까
꿈속에 찾아오신
우리 아버님!

그토록 보고 싶어 하시던
손자며느리를
데리고 갔다

자상하시던 시아버님
목소리가 들려오는 듯하다

호국원을 내려다보면
마음이 뭉클해진다

우리 선조들은
나라를 위해 목숨을 바쳤는데

나는 지금
나라를 위해 무얼 하고 있는가?

고개가 저절로 숙여진다

순국선열들이여
평안히 잠드소서
다시는 이 땅에
전쟁이 없기를
평화를 위해 기도합니다

성탄절

성탄절에 처음으로
사랑을 배웠네

탄생하신 예수님을 만나러
아장아장 걸어가서
처음 먹어 본
건빵 같은 사랑!

절대로 잊을 수 없네
그 사랑!

성탄절이 오면
내 마음에
그 사랑이
먼저 꽃으로 핀다

4부

시를 닮은 그대

웃다 보니

행복해서 웃는 게
아니라
웃다 보니 행복하다는
말이 있습니다

그래서일까요?
웃을 일이 있어야 웃던 내가
그대를 만나고부터
시도 때도 없이 웃는 이유가

항아리

집집마다
된장, 고추장에
김장으로
행복을 주던
항아리

내 안에도
항아리가 있다
그대 사랑 넣고
나의 사랑 넣어
곰삭아
행복 맛을 내는
항아리

진달래

앞산 진달래
만발하면
나비가 된다

진달래 동산으로 날아가
꽃마다 우리 사랑
수놓았지

그런 다음 꽃이 되었지
그대 기다리는 꽃!

봄은

봄은
고향 들판에서 온다

나물 캐는 소녀의
마음으로 온다

달래와 냉이 향기가
된장찌개 속에서 유혹한다

그대와 내 사랑처럼
꽃을 피우겠다며
밥상을 내려와
내 가슴으로 들어선다

동창회

친구들이 모였다

젊을 때는
숨겨 놓았던 손이
오늘 주인공이 되었다

관절이 있는 손
소금에 절여진 손
마디가 굵은 손

네 손 내 손
서로 위로받고
힘내라며
함께 웃는
우리 손!

야경

그대가 그립다며
하늘의 별이
땅으로 내려왔습니다

선물처럼 내 앞에
은하수를 펼쳤습니다

얼마나 그리웠으면
도시를 별빛으로
수놓았을까요?

얼마나 보고 싶었으면
그 하늘
내 가슴에 담았겠어요

졸업

학교 중에
가장 힘들고
가장 늦게 졸업하는 학교
인생 학교!

그대가 있어
힘들어도 견딜 수 있고
더 재미있게 다닌 학교!

고마워요
당신!

합창대회

동네 공원에서
합창대회가 열렸다

참새팀
직박구리팀
까치팀
화음도 좋다

움을 내민 자목련이
봄바람에 리듬을 맞추면
길 가는 사람들
마음에 꽃이 피겠지

마실 나온 강아지도
꼬리를 흔들며
맞다고
앙코르를 외친다

예감

톡톡,
겨울잠에 빠진
텃밭을 깨웠다

거름 주고
뒤집고
상추와 열무씨를 뿌렸다

씨앗 대신
그대 생각을 뿌렸다면

그대
웃는 얼굴이 꽃으로 피어
감당도 못하지,
아마

알로에

신이 주신
마지막 선물!

내 얼굴에 바르고
잠들었다가 깨었을 때

나만
10년쯤
더 젊어지면
어쩌지?

전봇대

전봇대 아래는
강아지가 쉬어 가고
전봇대 끝에는
새들이 쉬어 가고

그러면서
잡고 있는 전선에
힘을 보낸다

살아가는 일상에
보태라며
쉬지 않고
힘을 보낸다

만남

내일은
손주 만나러 가는 날!

신이 난 남편
콧노래를 부르다가
내일이 빨리 오게
일찍 자야 한다는 남편!

손주 두 살
할아버지 마음도 두 살!
할머니 마음도 따라 두 살!

등불

설날이 되면
우리 아버지
화장실까지
등불을 밝히셨다

새해 좋은 기운이
등불 타고
들어온다고 하셨다

나는 그대 생각에
등불을 밝혀야겠다

그대 웃으면서
내 안으로 들어오게

설날

자식 오기를
눈빠지게
기다리는 남편

발자국 소리 들리자
맨발로 뛰어가
손주를 안고 온다

오늘은
세상에서 가장
행복한 사람
지금
우리 남편!

창고

찹쌀, 맵쌀
현미쌀을 사서
창고에 넣었습니다

세상에서
가장 큰 부자가
된 것 같습니다

내 마음 창고에는
오곡밥을 좋아하는
그대까지 있으니
세상에서 부러울 것이
없습니다

그 한마디

세상에서 가장 빨리
피곤을 풀어 주는 말이 있다면
"수고했다!"

죽었던 마음이 살아나고
사라졌던 희망도 돌아오는 말!

직장에서 일하고
늦게 돌아온 딸에게
아버지의 그 한마디가
인생에서 가장 큰 위로였습니다

직장에서 일하고
돌아오는 자식에게
내가 하는 말
"수고했다!"

오늘도
아버지의 그 한마디
나에게 자라고 있습니다

친구

밤 운동 나왔다가
귀뚜라미 소리를 들었습니다

그대 생각하는 날
어떻게 알고
보고 싶다, 보고 싶다
대신 우는 귀뚜라미

올가을
참 길 것 같습니다

방충망

현관문에
방충망을 설치했다
파리 모기 출입 금지!

이 나이에
무슨 사랑이냐며
내 안에도
방충망을 쳤다

그런데
내가 자꾸 넘어진다

그대 생각에 넘어지고
그리움에 걸려 넘어지고

옷장정리

옷장을 정리하다가
이런 생각을 했다

우리 사랑도
가끔 정리해서 걸어놓고
필요할 때 꺼내 쓰면
훨씬 행복하겠지?

봄에게

텃밭에
싹이 나왔습니다
"예쁘다!"라고 말했습니다

내 마음에
그대 생각이 돋아납니다
"고맙습니다!"라고 말했습니다

내 안에 꽃이 핍니다
그대가 곁에 있어
완전한 봄이 빨리 찾아왔습니다

시

내 마음에
영양분을 주는 것

마음에 있는
주름을 펴주는 것

인생의 숙제가
술술 풀리는 것

시가
그대를 닮았다
그대도 시를 닮았다

언덕

소도 언덕이 있어야
비빈다고 합니다

나는 그대가 있으니
걱정이 없습니다

그대는
등이 넓어서
손주들 미끄럼틀까지
되어 주니까요

안경

희미하게 보이던 글이
선명하게 보인다
인상 쓰던 얼굴이 펴지고
미소가 번진다

마음에도 안경을 쓰면
불평불만 담긴 마음
감사로 바뀌겠지?

안경 너머로
따라 웃는
그대가 보인다

아빠 품

엄마 품속에서 놀던
세 살 아들

전기가 들어오지 않는
캄캄한 밤
아빠 품으로 갔다

아빠 품에
든든함이 있었나 보다

나에게도
아빠는
늘 든든한 언덕이었는데

인간극장

할망들은
별명이 좋아요

기쁜 할망
바쁜 할망
재미난 할망

보통 할망
신나는 할망
으라차차 할망

그림 그리는 할망들은
별명도 예쁘지요

곧 우리도
할방 할망!
그때 당신과 나
별명을 어떻게 지을까요?

5부

꽃 앞에서 꽃처럼 웃다

메모

얼굴에
메모를 했어요

그대 사랑이
피운 꽃이라고

그래서
늘 웃어야 한다고

채점

자기야!
나, 얼마큼 사랑해?

하늘, 땅, 별만큼이라고
그대는 말하지요

하지만
나는 그대 사랑을
채점할 수가 없어요

우주는 셀 수가 없으니까
그 우주 내 안에서
반짝반짝 빛을 내고 있으니까

경칩

만물이 겨울잠에서
깨어나는 날!

나도
얼른 내 마음을 깨웠다

그대와 내가 만든
내 안의 텃밭에도
행복꽃을 피워야 하니까

대서(大暑)

염소뿔도 녹인다는
대서가
우리 집 옥상 정원으로 왔다

고추잠자리로 오고
옥상 텃밭에
붉은 고추로 왔다

자연은
마치
다 내어주고도
더 주지 못해 안타까워
동동거리다 붉힌
엄마 얼굴 같다

사계국화

보자마자
사랑에 빠졌다

키가 작아도
꽃이 작아도

그대
처음 만난
그때 나를 닮아

장독대

간장과 된장
고추장 담던 장독대

어머님 그 손길 못 잊어
윤을 냅니다

곰삭은
어머님 사랑
닦아 놓은 장독대에
그리움으로 비칩니다

꽃집

계절보다
먼저 핀 꽃들이 모여 있다

마치
행복을 나누어 주는
천사처럼

그대와 나의
사랑 꽃이, 먼저
피어 있는 줄도 모르고
자기가
제일 예쁘다는 꽃!

부탁

고맙다,
수고했다!

아프니까
알게 된 오른팔에게

이제는
너도
아껴줄게

앞으로도
잘 부탁해!

나를 만난 날

공원에 놀러갔다가
깜짝 놀랐어

내가 다니는
직장이 보이고
창문도 보이는 거야

그 안에서
살아내려고 애쓰는
내가 보였어

마음을 바꾸기로 했지
사는 게 쉬워야 하잖아

우선 사무실을
내 안으로 옮기고

공원에 있는 꽃을
사무실로 옮기는 거야

꽃 앞에서
꽃처럼 웃는
내가 보인다

시간

사람이 걸어가면
시간도 걸어서 가고
달구지를 타고 가면
시간도 달구지 타고 간다

자동차를 타면
시간도 자동차를 타고
비행기를 타면
시간도 비행기를 탄다

하지만 어디를 가나
늘 그대 생각도
함께 탔다는 사실

순간순간이 모두
사랑이라는 사실!

앨범

앨범을 보다가
깜짝 놀랐다

어릴 때 우리 모습을
그대로 담고 있다

사진은
마음의 발자국
우리 삶의 거울이라 했다

이제
그대와 내가
함께 담길 사진에
웃음을 듬뿍 넣어야겠다

엄마

엄마는
만물박사

내 인생의
교과서

나를 안아 주는
따뜻한 이불

인생 끝에서도
있어야 할
스승!

성공한 부모

명절에 자식들이
한자리에 모였다

어릴 적 추억으로
밤새 이야기꽃을 피운다

웃음으로
온 집안이 들썩거리면
이웃들도 하나둘
마실을 온다

명절 요리보다 맛있는
부모님과의 옛 추억은
나에게 명절을 기다리게 만드는
소중한 유산이다

청소

계단
물청소를 했다

흐르는 물소리에
바쁜 일상이
씻겨 내려갔다

마음이
훨씬 가벼워졌다

하얀 민들레

하얀 민들레가
아침 햇살에 곱다

고운 자태가
나라의 국모 같다

누구 흉내를
내고 있을까?

등대

배가 가는 길은
등대가 안내하고

내가 가는 길은
내 안의 그대가 안내합니다

등대 앞에는 배가 있고
그대 앞에는
당신 좋아하는 내가 있습니다

둘레길

콧노래 부르며
둘레길을 걷다가

멀리 보이는
우리 동네를 보았다

그런데
늘 따라다니던 근심걱정이
미처 따라오지 못했나

우리 집이
궁전처럼 보인다
평온한 일상으로 만든
아름다운 궁전!

웃고 있는 항아리

음식점 앞에 놓인 항아리
들어갈 때
반갑게 맞아준다

한 상 가득 나온 요리도
반겨주는지
맛이 좋다

그래, 나도
내 안의 당신을
만날 때마다 반겨야겠다
감동받아
달콤한 사랑을 내밀 수 있게

명함

레크리에이션을 배우고
명함을 처음 받던 날
아줌마에서
강사로 이름이 바뀌었지

잘했다
멋지다며
보내 준
웃음과 박수!

내가 받은
최고의 선물

첫눈

첫눈이 내렸다
얼른 가서
첫 발자국을 찍었다

그대도
첫 발자국 찍으며
내 생각 하고 있을까?

내 안의 그대를 불러내
첫 발자국 위를
함께 걷는다

그대가 웃고 있다
나도 따라서 웃으며 걷는다

메아리

어릴 때
친구들과 앞산에 올라가
"야호~"
많이 외치고 놀았지

그 메아리
가슴에 듬뿍 담아
집에 돌아올 때
우린 개선장군 같았어

오늘 그대에게
"사랑해!"
하고 외치면
세상에 있던 모든 사랑이
나에게 달려올지 몰라

지금은 지하철 안
할 수 없이 내 안에서
메아리가 들리게 말했어
"사랑해!"

상림숲*

천 년 된
상림숲길을 걸었다

천 년 된 이야기가
말을 걸어온다

최치원 선생께서
상림숲을 조성할 때
마지막 나무에
걸어놓았다는
금호미 이야기

착한 사람에게
들린다는데

천 년이 지나도록
들은 사람이 없는 것은

나를 위한 선물로
기다렸기 때문일 거야
그대 가슴에
사랑을 심으라며

* 경남 함양에 있는 상림공원 상림숲

김명이 시집

마음뜰 정원사